Imagine…

Hubert Ben Kemoun
illustrations de Jean-François Dumont

Père Castor • Flammarion

Pour Nicolas et Nathan.
H. B.K.

© 1997 Père Castor Flammarion pour le texte et l'illustration
© 2005 Père Castor Éditions Flammarion pour la présente édition
Éditions Flammarion (n°2786) – ISBN : 2-08162786-8
26, rue Racine – 75278 Paris Cedex 06
www.editions.flammarion.com
Imprimé en France par Pollina s.a, 85400 Luçon - n° L95874 – 01/2005
Dépôt légal : mars 2005
Loi n°49-956 du 16 juillet 1949 sur les publications destinées à la jeunesse

– Benjamin, je vais faire quelques courses.

– Tu m'emmènes ?

– Voyons, tu regardes la télé,
et je ne t'abandonne que dix minutes.

– Je voudrais venir avec toi !

– Mais Benjamin, pour si peu de temps,
tu peux bien rester tout seul !

– Oui, bien sûr, je peux rester tout seul,
mais je préférerais que tu m'emmènes !

– Tu as peur ?

– Oh non ! c'est pas ça.
Évidemment, je suis assez grand
pour rester tout seul, mais…
imagine…

– Imagine
que pendant ton absence,
au moment des publicités dans le film,
je veuille me servir tout seul des bonbons,
dans la boîte en fer de la cuisine.
Alors je grimpe sur le tabouret
pour attraper la boîte dans le placard.
Imagine qu'en attrapant la boîte,
je glisse du tabouret,
et qu'en tombant sur le carrelage
je me blesse, au coude, par exemple.
Oh ! ce n'est pas bien grave,
mais je saigne quand même un peu.

– Alors **imagine**
que pour nettoyer le sang,
je file à la salle de bains.
Je laisse couler l'eau,
mais j'oublie de refermer le robinet,
comme tu me le reproches toujours.
Le lavabo déborde
pendant que je suis retourné voir
la suite de mon film.
Très vite, il y a de l'eau partout,
bientôt ça dégouline
chez les voisins du dessous.

– Imagine

que l'eau monte jusqu'aux prises électriques.

Comme Papa me l'a expliqué, cela coupe le courant.

Tout s'éteint partout dans l'appartement.

La télé aussi. Tout !

J'ai un peu peur.

Imagine que j'aille chercher une bougie

et un briquet, pour y voir plus clair.

Tu sais bien que la lampe de poche ne marche pas !

Avec la bougie allumée, je glisse dans l'eau.

– Imagine
que la flamme tombe
justement sur le rideau,
à côté du porte-journaux.
Le feu ronge les tentures
et les revues,
les livres de la bibliothèque,
les pieds des fauteuils
et de la table,
le tapis de Chine,
auquel il faut toujours
faire très attention,
le bureau de Papa,
son ordinateur
et ses papiers importants.
Tout !
Le feu atteint aussi la télé,
elle explose.
Il y a de la fumée partout.
J'ai encore plus peur.

– Imagine

que pour appeler à l'aide,
j'ouvre la fenêtre.
Un lambeau de rideau, en feu,
s'envole dans la rue.
Et imagine que dans la rue,
juste à ce moment-là,
un camion-citerne soit garé
devant la station-service.
Le lambeau tombe sur une petite flaque
d'essence qui embrase la citerne et,
très vite, toute la station-service.

– Imagine
que le vent se lève,
et pousse l'incendie sur l'usine d'allumettes en face.
En moins de temps qu'il ne m'en faut
pour te le raconter, imagine qu'à son tour,
elle prenne feu aussitôt.

– Imagine
que le feu dépasse le terrain vague,
qu'il atteigne la voie ferrée, tu sais bien,
là où tu m'as interdit d'aller jouer.
Et que justement, à ce moment-là,
passe un long train de marchandises,
chargé de gros troncs d'arbres,
et de plein de produits très dangereux,
que je n'arrive même pas à imaginer.

– Imagine

que le train, complètement en feu,
continue de rouler, et que sur son passage,
toute la ville s'enflamme.
Ah oui ! parce que j'ai oublié de te dire,
en plus des produits dangereux,
le train de marchandises est bourré
de produits explosifs.
Tout est en feu,
et la caserne des pompiers aussi,
bien sûr !

– Tu **imagines** ?
Les avions qui prennent feu sur l'aéroport,
les voitures dans les parkings,
les navires amarrés dans le port…
Tout ! Toute la ville, je te dis !

– **Imagine**, Maman !
Un incendie gigantesque !
Mais ce n'est pas fini.
Il y a la campagne aussi,
avec les meules de foin,
et les granges et les fermes.
Et puis les forêts,
c'est que ça brûle drôlement bien,
les forêts !

– Imagine
que le vent continue de souffler
en tourbillonnant de plus belle.
De l'autre côté des forêts,
il y a d'autres villes,
d'autres stations-service,
et d'autres usines de pétrole,
d'autres aéroports
et d'autres parkings remplis de voitures.

– Imagine

que toute la terre soit en feu.

Partout !

Il fait tellement chaud,

que les glaciers du pôle Nord et du pôle Sud

se mettent à fondre comme des glaçons

dans un verre de grenadine.

Alors, l'eau des mers et des océans monte à toute allure.

– Imagine…
bientôt il n'y a plus de villes, plus de forêts,
plus de campagne, plus rien que de l'eau.
Bien sûr, il n'y a plus de feu, c'est normal,
avec toute cette eau.
Mais le monde entier est noyé.
Pas nous, puisqu'on est au quatorzième étage,
mais quand même, c'est juste.
Tu imagines ? C'est la fin du monde !
Une vraie catastrophe, Maman !

– Mais Benjamin…
– Non, non, Maman, ne t'inquiète pas,
je ferai attention en attrapant les bonbons.
C'est promis ! Seulement, voilà, si tu me laisses seul,
ça peut provoquer la fin du monde !
Tu ne pourras pas me dire que je ne t'ai pas prévenue.

– Benjamin, moi aussi il faut que je te prévienne.
– Quoi, Maman ?
– Pas la peine de grimper attraper
la boîte de bonbons…
Elle est vide.
C'est aussi pour cela, les courses !
– Vide ?
– Complètement vide !